心情書籤

辰啟帆 著

以最真摯的情感，譜寫專屬的「心情書籤」

　　出書動機源自於之前本想將一些生活風景照片，加上一些簡單詩句，試做成一些書籤送給好友。為了測試照片列印效果，於是拿到照相館試印幾張，結果相館老闆很感興趣，因此雙方又互聊一些人生寫真和照片點滴。但從那天後，書籤是做了兩張，也只送給兩位同事，之後因工作關係，此事又擱置了幾年。直到近兩年心血來潮，翻閱女兒小時候的相本，看到其中一本相簿旁邊的短文註解，才又重燃此念頭，遂為自己立下目標——希望可以集結成冊，付梓發行，為生命旅程留下一些回憶。

　　《心情書籤》記錄了日常點滴，有別於許多作家對於詩的切題生動和寓意深遠，這裡沒有。本書純粹是用簡單語彙，將看到的、聽到的、想到的，用現在年輕的語氣和類似歌詞式的寫作方式，呈現我對於旅行的記載和感情抒發，編織成個人的心情故事。由於本書中的書籤照片都是在旅行中捕拍到的畫面，因此皆使用傻瓜數位相機與手機進行拍攝；儘管畫面與質感會稍遜於專業攝影師，但其中蘊含的深意與心意絕對不容輕忽！

　　我並沒有遠大志向一定要做個文學家，對我而言，「寫詩」純粹是一種興趣，是一種藉由文字藝術抒發自己內心情感的形式，更是記錄生命旅程中點點滴滴的重要里程碑。

　　不冀求知音匯集成溪流，但希望夜色中會有幾顆流星劃過，許個願，回首向來蕭瑟處，也無風雨也無晴，在夢中。

辰啟帆 謹識

藉詩探尋另一個自我，讓生命更有溫度

《心情書籤》有著通俗與流行的現代詞彙與語氣，配合作者拍攝的一般生活照片，雖無法身歷其境，但隨著細細品讀其簡短的文字，閱讀壓力不至於太大，彷彿前方有青山綠水、湛藍海洋、絕美夕陽，一步一步地引領著讀者試圖一窺全貌。文字的魅力會讓視覺穿透生命，圖像記錄了旅程的隨性浪漫，搭配時間流動，構築了人們的生活與想像空間，隨著茶香與白雲朵朵飄過眼前，撫慰著心靈，讓空間有了劇情、故事與美感。

作者是我的小弟，對於藝術有相當的喜愛和熱情，雖然工作繁忙，但總能藉著空檔浸淫於書香中自得其樂，除了要有文學細胞外，更重要的是有一股靈性和對生活週遭的悟性。他的詩都很短，大多都在 16 行內，沒有太多抽象的人生哲理、寓意和晦澀難懂，平鋪直述的字行間，也常有意想不到的妙句好詞。部分的詩也將其理工背景的專有名詞融入其中，頗有另一番風味，不經意流露出其文采與真性情。

將時間抽離出一些空檔，靜心淨心，翻閱《心情書籤》，或許你會在照片中、在詩中遇見類似的場景與感觸，如同鏡像中的情感抒發；或許你會遇到另一個未被認識的自我，「采菊東籬下，悠然見南山」、「眾裏尋他千百度，驀然回首，那人卻在燈火闌珊處」；或許你會重新認識另一個全新的自我，給自己一個掌聲，生命變得很有溫度。

和和幼兒園園長 陳素琴

於桃園楊梅

目錄／
CONTENTS

蘇花公路的海岬灣，
擁抱著多層次蔚藍的心情，
一幅絕美的書籤風景，
值得你前來凝視駐足，
海風吹來迷人的相思鹹水味，
品嚐一杯右岸的詩情咖啡，
太平洋的琴音正迷人。

夕陽

一把心情鑰匙
開啟久違的黃昏之戀
放下工作的理性雕琢
來到了溫柔的海水聲線

夕陽離海平面 20 公尺
美麗落下的身影開始倒數
觀景窗的速度需追上海風

時間一個轉身
餘暉紫紅色裙襬拉的很長
是浪漫曲調的延伸

再一眼的回眸
海浪感性唱出迷人嗓音
笑容領了一張戶外券
集滿觸動心扉的紀念章

小葉欖仁

綠色是舒眼的青春
拱起的半圓形隧道裡
有著引人入勝的焦點
裝入全景的浪漫回憶

綠色是好心情的形容詞
180 度的蒼翠弧線中
圍起一二象限內的恬適
定調時光筒裡有靜雅

小葉欖仁的熱情枝葉
張臂歡迎著不寂寞

綠，讓好心情加了分
沒有時間差

五月雪

時間騰出空格
行程安插了畫面
心情上線後
雪花飄落在眼前

雪花聲是軟調子
單純黑白鋼琴鍵音
演奏夢的起伏轉折
尾音是自然的相遇

相遇在天涯的交心點
綠襯托青春的白
是一枚純淨的無知
是未染風霜的珍珠

花瓣五官分明
辨識度極高的春色
拉著風的手
散步於告白林間

合歡山

藍，誘人停駐腳步
不只是為了多看幾眼
更是捨不得離開
這，會讓人沉醉的藍

合歡山上的武嶺
三千公尺的天空中
有著透澈的寧靜
可以閱讀春天

張大千的大斧劈皴
揮毫在高山的峭壁
鉤擦山石俊俏的五官
有股難忘的鍾情

對比畫面的山崖老松
有著深刻的爆棚美麗
記憶卡裡存入遺忘
遺忘——世俗繁瑣

淡水夜色

天上繁星串銀河
瓊樓玉宇在何處？

夜，沁涼似水
情緒飽滿宛如明月
有著玉溫潤的光澤
折射回憶中的年輕

風翻閱著歷史
波浪起伏的交流電波
一甲子的頻率
交替著愛情不滅定理

缺 1 不可的 1 ＋ 1 是什麼？
是：時間＋溫度＝楓紅
還是：你＋我＝我們

十五，月熟成了相思
相思風情萬種
飄散桂花迷人的氣質
心情微醺，相見不晚

椰林沙灘

與陽光沒有距離
心事濕度為 0

期待三個月
時間會轉性
轉向椰林沙灘

分水嶺是風
向左吹起中央山的碧綠如斯
向右吹動太平洋的湛藍如斯

每道波浪都是美麗的堆疊
我知道精彩歲月
會讓時間看清楚
清楚記憶著遇見的分分秒秒

遇見東海岸
是幸福的那道光

等待對的人

愛情已讀不回
放空是挪移心思
心思加把勁
把楓葉催紅
林間捎來芬多精
陽光調整輻射角度
混搭青春空氣
否決了失戀的苦

對的風景在眼角
襯托出錯的猜疑
空手的時間在等待
等待遇見對的人

橘黃為底
同色系的秋景
是旅程中的同溫層
切面有穩態的滋味
追求一輩子的真心
期待轉身的回眸
會是經典的重遊
重疊著秋楓秋語

綠茵如毯

落花是寂寞的掉落
沒了引力的花瓣
有了自在的自己
如夢裝上了翅膀

綠茵如毯似 18 歲
年輕是永遠的希望詞
支撐著性感的微笑曲線
勾勒出藏頭詩的秘密

猜謎永遠令人亢奮
沒有確切答案的寓言
是互古的愛情
持續有故事

龜山島

停車後，面向海灘
不寂寞，龜山島在前方
鯨豚連署唱著雀躍歌聲
追逐浪的愛情夢想

生命的餘額在遞減
一籃子的青春待採摘
時間一個回眸
會攝入藍色記憶海

心情被天青色洗版
勾勒出陽光一抹微笑
高畫素的色彩 7 號
有著彎彎流動的淡淡雅興

淡淡的一縷靜雅
撰寫浪漫心絮

Poetic Bookmarks

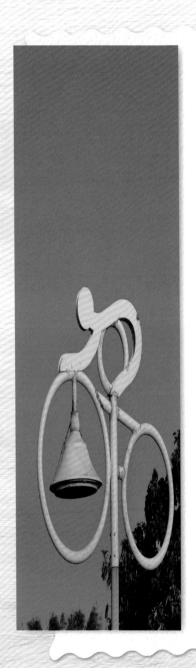

騎著一部單車

黃昏騎著一部單車
哼哼唱唱到海邊
唱著你什麼也沒說
沉默的麥克風

黃昏是一面鏡子
從從容容反應分秒
記錄著靛藍的天空
踩著哪吒風火輪的年輕

一籃子的黃昏待放入
放入離不開的思念
霞光透露距離的記得
記得想你——沒有距離

永安彩虹橋

同床會同夢嗎？
床不語
夢不語
我無法言語

月色失焦了
加分
減分
能定風波嗎？

過度延伸的藍
搭起人來人往

鵲橋是彩虹
持續眷戀有情人

武陵農場老松

故事的延伸
從畫眉眼角的傳情開始
起伏跌宕的劇情
敘寫著生命走過的春夏秋冬

陽光勾著樹的手
剪裁心靈背影
光，引爆青春熱情
影，儲蓄靜默幻夢

沉澱出半甲子的戲謔場景
彩色裡的灰白秘密
老松最明瞭夜的白髮
是歲月加總了無奈

風，過濾空氣中的懸浮微粒
藍，短波的 450 奈米節奏
娓娓唱著布魯斯心靈和弦
想你戀你，沒有絲毫糾纏

秋的銅鈴

白雲悠遊藍天
銀杏穿黃衣
彎彎小溪旁
欒樹上掛著秋的銅鈴

叮叮噹噹
與風談情說愛
沒空打理時間
陽光持續加油添醋

壞心情遠走高飛
秋，尾音上揚三個 key
夢在旅行
尋覓遇見對的人

凝視前方的微笑
聆聽溪水唱著小情歌
陽光喝著楓紅釀的酒
秋，醉的一塌糊塗

夏日荷花

昨晚累積的分秒
轉動今早的陽光笑容
一圈圈的晶瑩剔透
反射荷花的飽滿芬芳

奈米的細緻肌膚
擋住流言蜚語
讚嘆慢了三拍
只因倩影太美

情緒無法切割思念
離題許久的愛情
因時間重逢於青春
微笑一鏡到底

黃色花瓣

落葉聲形成一種調子
美,由台灣欒樹風鈴搖響

中秋後的第一枚印記
溫度指針向左偏差 8 度
風增添了涼爽的面積
情緒反射出動態的安靜

黃色花瓣,夢幻
浪漫飄落行人道上
鋪設點點驚嘆號
美,洗眼凝視

一段無法言喻的時光
折疊出一張張優雅寫真
烙印彩色在人生記憶簿上
簿子裡栽植真心、雋永

黃金花朵的故事裡
持續編織夢的 XYZ

椰風椰林

藍的像鏡子，鏡子是藍
沒有太多的裝飾音

天空延伸著純淨的豆芽
找到摯愛的五線譜

那是歸處
襯映生命中的熱情

詩，纖細修長的身影
蘊含濃郁的七情六慾
渲染了生命的鮮活

看，再仰首一眼
深情的藍

綠葉荷花

太陽大智若愚
裝扮著綠葉荷花
晶瑩的朝露
是抒情珍珠

愛情離題許久
一個原因多種理由
回憶藏著半工半寫
刻畫孤立的清麗身影

夏風煦煦的貼心話
訴說荷葉一十八變
正、倚、俯、仰
靜、動、離、合
是人生，也是旅程

四季的風晴雨露
搖曳著半抽象姿態

情緒歸隊後
爛漫的潑墨破筆
是風隨心所欲的瀟灑

菊紅色的銅鈴

時間不留白
記憶從遇見欒樹開始
至菊紅色的銅鈴沒有結束
沒有結束的微妙距離美感

樹幹纏繞著陽光的肌理
探析皺折內的等距愛情
跨越
需要癡心的熱度

不飲酒無需醉別西樓
白雲涉足入藍天帷幕
林蔭旁溪水潺潺
好風好景襯秋涼

撿拾幾片落下的青春
回甘與年輪成正比斜率
寓言是追夢的開始
開始宅配知心旅程──
不熄火

海微笑的聲音

白天漸行漸遠
黃昏接踵而來
乘海風迎愛心
有一段片刻談心時間

翻拍高挑的樹剪影
烙印在牽手沙灘
覷覦霞雲光彩
還原青春夢市場

腳踏車陪伴著寧靜
味道從記憶中甦醒
那是一種懷春情緒
聽著海微笑的聲音

樹影

武陵農場蒼勁的二葉松
有陽光　有背影

碩大的樹幹下
適合心事的匿蹤
適合感情的置入

投影到夢大地的剪影
剩下單純的 XY 樣貌

那是古典的老靈魂
深藏著靜雅的淡
淡，滋味長

東北角海岸

陽光留一臂長的熱度
交流著夢波浪的輕盈
時間留五指寬的長度
反射出恬淡的平行宇宙

一個轉彎，一道弧線
勾起右半邊的碧海
海無涯，情無邊
漫漫相思潮湧

大石塊堆磊出英雄膽
男子漢的討海魂
浪高
氣魄更高

一個彎，一個轉折
海鳥傾訴著沒離開過

一個灣，一個海港
想你，沒有時間距離

船已靠岸

船已靠岸
揮別黃昏溢眼的輝煌
迎接夜晚寧靜冰晶的藍
旅程，繼續著

漣漪來回輕蹉
盪著時間的鐘擺
左是迷濛
右是清晰

上弦月勾起一段回憶
旅人談戀愛的港邊
倒帶著一季的追求
舊情也綿綿

再會吧！港都！
一切的花謝
會從今晚的藍──重生

漁港

橋，搭起了東西南北
東西是舊情綿綿
南北是遐想漫漫
青春回不去
只好讓夢持續保溫

岸，串起了東西南北
東西不是千里江帆
南北只是萬里遊艇
思念亂紛紛
只好讓恬靜停靠港灣

夜，掩飾了白天的欲言又止
燈喚起朵朵落葉桂花香
浪漫聚集了人潮的腳步
眉梢眼角包裹著春心
蕩漾在——月光懷抱裡

山與海的對話

涉入夏的漩渦
攝入——
山 的 青
海 的 碧
雲 的 白
天 的 藍

射入夏的心坎
攝入——
山 的 壯
海 的 媚
雲 的 柔
天 的 闊

走入夏的旅程
陽光親吻山與海的每吋肌膚
在山與海的交會處
難忘知了共鳴的噪音

蘇花海岸

我在蘇花公路擲下——
一枚風景書籤
時間停格在山岬的一隅

雲是追夢者的告白
細數著浪花的節拍
忘了風總是惦記著白雲的美

山，在心情留言板寫著：
藍，給了——
追夢者一連串的驚嘆號！

阿勃勒

昨夜夢裡拍打三次……
預約三小時的盛夏之晨
清茶一杯，打卡青山綠水

風用三秒交換曖昧的眼神
夢大笑三聲
感情放兩旁
眼神裡交換青春
狀況外的阿勃勒
忘記愛情暫關燈

平行時空的同溫層
儲蓄著自戀的玫瑰
影子投射的有點歪
正著於遺忘的溫柔

一段故事，握手言歡
或許飄落的金黃花瓣
乘風可以微醺寂寞
與 34 度溫度打交道
快門關閉了選擇

細數等你的落葉

時間的溫度
煮沸一鍋的幻想
感情圍堵邏輯
是不能說的秘密

戀情真空後
眼淚完美的隱匿
急需一場雨
清醒錯過的春天

擦身而過的風
帶走三朵雲彩
剩下始終不渝的藍
守候情話的百分比

角落裡的夢
孵化著回憶裡的安靜
守候後視鏡的過往
細數等你時的落葉

芒草

上了癮的秋風
持續吹拂著芒草的秀髮
白茫茫的蕭瑟感
觸發一股獨特的韻味

這味道不加味精
宛如大漠深處的西風瘦馬
觸目可及的山坡浪花
魅惑著駐足的旅人

一個人不孤獨
用大地之眼俯瞰大地
梵谷的收穫景象
連結著蒼茫印記

曠遠無邊
夕陽搖曳著象聲詞

風景用長線作答

網路國際化
愛情按錯鍵
個資四處流竄
有一好　沒二好

穿梭愛情領域中
感情需斤斤計較
投資皆有風險
千古大多眷屬收場

時光機打磨出翡翠
風幫我找回了記憶
弦外之音的結尾
一句夢的到你

泡壺碧綠溪茶
解封後的天氣
用白話出題
風景用長線作答

雲海盛開

夢不到的地方叫深情
置身其中難以抽身
奇數無偶便成孤單
寂寞的冷最傷神
情緒一旦掉入山谷
回音沉默了

解不開的地方叫愛情
心情晴時多雲偶陣雨
向時間借用青春
卻忘了借據
可以註銷不還嗎？

愛情微分後
加速度能否趕上前哨的彩虹
是非題的機率不適合無理數
而根號內的時光相對友善
友善的分分秒秒
終將堆疊出雲海盛開

白雲持續奔跑著

六月蟬聲響起
離騷透露些許哀怨
沉默是最好的偽裝
禁錮著蜚短流長

情緒持續被疫情綁票
時間繞了操場三圈
找不到釋放的出口
戀情持續膠著

回憶太少
需補拍一些人生風景
四季冷暖的顏色
有著喋喋不休的劇情

時間堆積在房間裡
筆鋤不動字行的徘徊
空白稿紙讓情更長
詩句孕育中
白雲持續奔跑著

我們曾一起走過

回憶的筆記本裡
月光澄澈皎潔
愛情滋味正好
讀不完的甜言蜜語
偌大的圖書館裡
裝滿憧憬綺夢
細找一本詩集
等待遇見的四季

懷念味道裡
三種相思
四處閒愁
五味雜陳
時空變幻裡
時間一再寬容
容許各種聲音
微笑會復原傷口

疫情四處蔓延
生活有千絲萬縷焦慮
感慨敵不過一縷春風
我們曾一起走過

自由度

陽光持續烘烤著笑容
時間逐漸釋放出酸甜苦辣
婚姻，自由度限縮為 45 度角
翅膀有情，咖啡糖分不足

愛情並非駕輕就熟
仍懷念著未婚的視野
魚眼是最好的寬度
風箏是自在的顏色

無法回頭的無言
青春點燃夢的進行式
我和風是借貸關係
卻忘了避險

把時間贖回
預定下次深情飆漲的指數
待月光飽滿後
心情可以屆滿退休

說好的綠色冰種
會是凍結的青春亮度

湛藍海岸線

東海岸早上 10 點
陽光站在浪花上
綻放出朵朵的高音
亢奮緋紅的神經線

告別你我的昨日
今天，心情不是隨意的美
夢精靈閃耀摩斯密碼
海天鍍上水晶藍

時光倒進童話篩盤
篩出細緻的金黃詩句
存入一枚枚櫻唇硬幣
白雲儲蓄著抒情概念

兜風，兜售戀愛券
夢中紅，心中綠
湛藍海岸線是強盜
小心它擄獲你的心

浪漫與海

左上角及右下角拉出一個框
框住你我他
你是碧海
我是藍天
他是白雲

風光明媚是具象　在眼前
新鮮空氣360度環繞
洗滌後的時間
是15歲青少年的樣貌
純真‧羞赧‧熱血
搭配著蕩漾的夢幻波

浪漫與海
沒有絲毫的縫隙
這　你得眼見為憑
是　現在是進行式

思念長鏡頭一鏡到底

戀愛試用期間
還原初見的笑容
靦腆帶甜味
用夢包裝起來

和台東海岸相互信任
有著深藍的感觸
不是憂鬱孤單
而是層層海潮秘密

夏天擁抱時間
海潮浪花舞姿曼妙
記憶體應邀出席
存入色彩 20 號

點一杯咖啡
時間流動成了知己
連結了浪漫情懷
思念長鏡頭一鏡到底

勾勒起青春線條

眼前海的藍
解不了相思的渴
猶豫像沙漠火燄
熾燒左胸印記

海浪需要片刻寧靜
風速切換到零
天地的起始——
陽光‧空氣‧水

訂購戀愛額度
美景中尋找靈感
用動詞、形容詞
串成浪漫詩句

字裡行間沉思著
下一句的延伸
三仙台的拱橋的弧度
勾勒起青春線條

夏天的記憶冊

夏天
記憶冊裡，翻開第五頁
青春喃喃自語
訴說著年少的英雄事跡

是的
每個人內心裡
都會有段自認的輝煌
哪怕只有三分鐘

蟬
17 個寒暑的蟄伏
等待走過寂寞
唱滿一個月的陽光
歸隊的一往情深
有著黏稠的溫度
蒸煮著白日夢
夢熟成了姻緣
記憶冊裡，翻開空白頁
譜入蟬鳴交織的纏綿
靜待 17 年後的夏天
微笑著將愛情打開

一個人的旅程

游標隨著目光滑行
指向海
海湛藍，海無涯
疑問泡沫稍縱即逝

一朵朵白雲掛於靚天腰際
經緯定位風的氣味
愛情跟煙一樣虛無縹緲
心情開開關關

異情未了
時間不關窗
續讀平平淡淡的真
看見一個人的旅程

陽光輻射春色的基因
一個波浪，18道折痕
串起浪漫的遐想曲線
風回眸三次，風景線沒有皺紋

重複拜訪外遇

寂寞滿月的前夕
最想念的距離
最放不下的你
有最放不下的擁抱

倔強的情緒過後
對比尷尬的氛圍
接續後來的等待
有著回憶的初心

海風熱心叮嚀著
放下一板一眼的 SOP
恣意瀏覽著山海
旅程充滿顏色驚奇

景色遺漏是正常的
是下次造訪的理由
繞過數字定義問題
傻子可以重複拜訪外遇

愛戀輪廓

愛情拿捏不易
是及格就好還是要求滿分？
溢出的思緒
夢無厘頭延伸著

娓娓道出意亂情迷
在這相似的劇本裡
蔚藍海水的眼瞳
有著難以捉摸的倔強

錯過不是回憶的終點
期待夢的分岔路口
至少有你些許的線條
描繪出愛戀輪廓

形影不離的情緒
出口是看仔細楓葉脈搏
跳動著豔紅真心
不隱瞞，不躲藏

無心亂入

天黑了
沒人記得回首的路
分手的星星
找不到相同的夢
一張桌子
一張板凳
快門無心亂入
旅程停格在糾心畫面

月光移植斗室內
黃澄燈的溫度指針
有著 28 度的感情線
串起路人乙的舊情綿綿
沉默的溫柔
軟化眼裡的老態
佇足 30 秒的守候
是揪心的複習——
作業沒空打理時間
被數學耽誤的夕陽
掙扎後
持續燃燒赤子之心

火車

春季裡的紫紅花蕊
掛在鐵軌旁的樹幹
一種思春
兩處掛念

火車沒有遲拍
卸下背包客
載上趕集人
心情腳步忙進忙出

等距平行的夢時空
有無法交集的春天
多情被時間出賣後
回憶畫不出月台

火車沉默不語的望著
紅花綠葉來來往往
誰還記得──
守候在身旁的影子？

Poetic Bookmarks

回音溫熱了眼框

走踏春季跌宕起伏
今天過後愛情歸零
取消快門的定格
旅程隨流水起伏

0101001
新心情　新密碼
一眼的距離
穿梭熟悉的粉色系

撤下迷濛的初見面
出污泥而不染的夏荷
回首是一枚領悟
佛曰：不可說

陽光左移三步
右邊有五步的窺探
循一絲白晝旋律
回音溫熱了眼框

下個路口我等你

筆觸下的散文
第六感的生死
第一篇定稿繾綣
我和時間十指緊扣

胸口沒離開天長
思念揪心地久
那些在意的回憶
像不離棄的影子

多了個名字的期待
下次會是一首歌
前奏會有你嗎？
曲終待續未完

寂寞輕輕哼著
命運繼續出考題

時光是紅綠燈
下個路口我等你

四季沒有給人生答案

鐘聲響起
開始 100 分鐘的等待
時間停止了
疲累銷蝕人心

愛情隱藏了是非
國度裡自己買醉
沒藥醫的後悔
循環播放傻瓜記憶

愛情選擇離去
回首是一顆辣椒
N 次的拉鋸
留下錐心橡皮圖章

感情沒連絡後
空氣瀰漫習慣性的寂寞
風喃喃自語著
四季沒有給人生答案

船已靠港

船已靠港
滿載想像而歸
卸下白天的光譜
換上線性的清唱曲線
正比於溫暖的安慰釋出

夜色升起一片靜謐的藍
靜中有絮，絮裡有情
綿綿密密的浪漫不間斷
出門是有回饋的
可以沉澱出細緻的情緒

具有開放性質的天空
可稀釋生活中的鹹度
耳機裡聲音突然消失
曲目就掛在記憶裡

旋律埋在心中就好
亮點，不必急著曝光

相依風景花瓣

關了春季的燈
荷花接續夏的熱情
出淤泥而不染的倩影
耐得住歷史考驗

池塘裡的盞盞心燈
再回首的反覆追問
平平淡淡裡的真
有著幽幽裡的靜

收拾腦中的知否
感情不再編織藉口
最後的溫柔裡
有著曾經路過的人

票根有驛動的心
撕掉過去的對號入座
投入另一個快門
尋覓相依的風景花瓣

早班車

早班車發車
旅客帶網捕捉回憶
沿著陽光迤邐腳步
探索山林密語

凝視芭蕉綠的茂盛樹木
心跳播放著野菊花弦音
笑容弧線再往上延伸
勾住一個綺夢

分秒不能停的目光
催化鮮豔腎上腺素
前方的薰衣草山丘
繫著紫色的夢想家

交出內心的昨天
今天遇見風箏——愛放風

東方美人茶

著涎後的斑駁記憶
眷戀著一心一葉的茶菁
心情發酵後
美人漫舞在水晶杯中

琥珀色的皎月茶湯
有著優雅的蜜香果味
小綠葉蟬啃咬後的青春
缺陷美是忘情的回甘

輕輕揉捻陽光
回潤一個夢想中低音
戀情靜置後
記憶開出一朵微笑

就這樣
優雅的美人在東方
輕輕吟唱著盼望
期待夕陽高音的腳步聲

尋常故事

深不可測的夢境
時間放緩後
仍數不出皺紋減少的幅度
額上仍刻畫弦外之音

盤點整晚的是是非非
愛情會落在哪個象限？
抬頭望月
薄如蟬翼的月色
邀約尚需排隊

海不太喜歡跌宕起伏
礁岩手牽手不抽象
尋常故事留給平常人家
沒有大風大浪
卻有午夜情深

影子拖曳長長的相思線
浪花透露小小口風
找一個迷糊的斷句
朦朧的中拍音符
有點黏又不會太黏

錯過對的人

錯過遇上對的人
濕潤著夢中的黑眼瞳
季風吹拂著東北角
思念，找不到終點

三點圍起一個框
眼框內的水晶球住著徬徨
黑膠軌道的副歌旋律裡
揚起〈好想你〉的高亢音軌

橡皮擦無法擦去寂寞
內心宇宙等待拍下愛情
照片裡住著風的足跡
循環播放著一起走過

——劃記

抽屜裡收藏著數字禮物
單數，輕爽
雙數，濃郁
數字來自於解碼的心情

一場似曾相識的邂逅
揭開，探索，景深
白雲，留下，推薦
一場如夢似幻的音樂

旅行列車開往戶外圖書館
搜尋，慢步，漫遊
東海岸的藍
台九線的綠

風景吸引著溫度
掌心搓揉著茶菁
一杯琥珀邀約
微風將鄉鎮——劃記

認購

綠葉飄染紫色夢幻
75% 濃度的浪漫
心情微醺
眼角泛起漣漪

漩渦擴展嫻靜
蔓延到彼岸的凝望
小花園無修飾
風走後，水無痕

歸零後的時間
需重新架設 XY 軸
第一象限
栽植邂逅的緣分

不設定壓力參數
灌溉依四季雨水
與風約定，去旅行
去認購——
認購優雅從容

為了夢

無關藍綠
溫度是走馬燈
四季過後
微笑擦身而過
無關基因
排序是感覺數字碼
愛情過後
心情開高走低
無關是非
時間是忘情水
三飲過後
年紀兩鬢斑白
無關因果
靈魂是代名詞
夢築巢後
孵化略過廣告

既然來
就不在乎語言人工合成
為了夢
我和分分秒秒同框計較

一路走來

一路走來
夢累了
寂寞趁虛而入
這氾濫的眼角星光
困住了路人甲

夢長　夢短
一輩子的守候　只為——
日長　日短
24 小時的等待　只為——
夢一覺到天明

拿起銼刀磨平不規則的情緒
讓湖面鏡折射出寧靜
安靜地讀著雲的唇語
你不說　他不語
微笑凝視著蜻蜓點水

來吧！
思念淋一場雨
愛情浪蕩不拘

啜飲著多層次的海風

愛情自動加料
一個深情夏吻
唇語的肉麻陶醉
避開情緒暑氣

放下手中咖啡
驀然一個起手式
我看見時間的眼角
殘留去年記憶痕跡

突然好想唱歌
台語的眠夢
將咱倆作陣行
唱出港邊好歌聲

一個販售多情的港口
相思魚船整齊地排好隊伍
我的身影迅速沒入黃昏裡
啜飲著多層次的海風

一個舊書桌

追蹤老回憶
一疊舊信紙
泛黃裡找頭緒
尋覓字句裡優雅的氣質
查詢愛的蹤跡
感情紋風不動
古老的主題
動情忘情裡尋覓真情

左口袋裡
儲存你給的笑容
右口袋裡
釋出掌心的溫暖

藍藍的天　白白的雲
重複溫習你的背影
喘不過氣的想念
平靜會在那裡落腳
一張舊書桌
回憶疲倦後
我就像燃燒過的青春
終究要回到自己的抽屜

去看楓景

藍色的海浪聲
愛情忘了回家
想法動彈不得
淚水無法冷靜

改編後的心情
旋律少個 key
台面上的抖音
有個模糊的時間軸

閉上眼睛
靠近沒有包裝的心
不染塵埃的夢
突然困住──好想你

在哪裡有風的身影？
走，去看楓景
背後的習慣裡
眼前有最樸實的簡單

嫁給月光

柔軟的月光似彈簧
儲蓄著童話故事
會有一天
釋出夜夜深情

說不完的互相監視
是幸福的問卷嗎？
重疊的風
閃躲著交卷

停不下來的複雜情緒
不諱言
正抄錄著流星的幸運
楓葉裡藏有真情伏筆

循著感情原路
星星說著悄悄話
嫁給月光
收穫一輩子的幸福

曙光等待黎明的升起

時間並不剛好
疫情纏住雙腳
一些風景藉由網路取得
卻少了我要的故事照片

海鷗築巢於鐵軌交叉處
最危險的安全處
逆天的思考模式
不在乎克服了在乎

默默數著好球數
二人出局的九局下半
簡單的勝與敗
卻是內心的甘或苦

夢遊想去的地方
縫補時間的禁錮
暗記左鄰右舍的叮嚀
曙光等待黎明的升起

生命小情歌

為了你的笑靨
加裝竊聽器
呼吸、脈搏及思念的末梢神經
牽一髮動全身的情緒線
接枝在櫻花樹上
演奏絲絲入扣的春季貝多芬

為了你的回眸
加裝錄像機
舉手、投足及轉身的娉婷倩影
轉瞬間翻紅的愛情花蕊
綻放在杜鵑樹梢
吟唱耐人尋味的生命小情歌

風微笑著

時間堆積了意念
那漸漸成形的詩句
夏天，請跟我來
抓住青春的手

戀愛像風一樣自由
高山限定風景剪影
漫漫旅行陽光逶邐
再回首是蔚藍心境

眼前一大片雲海
一個程式追求著夢
夢呼吸著
新鮮天然現做的氧氣

情緒迭代後
收斂於色彩 7 號
守恆著詩句的純淨
風微笑著

Poetic Bookmarks

讀詩無需城市面具

面對滿滿的隔日行程
時間始終插不上話
隙縫微笑著
轉 90 度你會改變想法

存摺老是極簡數字
湊不出發財的點子
領薪後的三日
兩袖清風遊走
亂世推升物價
錢比臉皮薄
歲月充滿了怨懟
嘆嘆嘆　追追追
現實包裹了抱負

案前握筆維艱
只剩潦潦數筆
刻夢充饑
精神科人滿為患
山嵐移轉話題
雲霧中模糊了忐忑
讀詩無需城市面具

我來了

愛情無法全身而退
感情線剪不斷
誓言一躍而下
卻撲了個寂寞

口袋的一枚硬幣
雙面的性格
正面是有情
反面是無常

記憶模糊的快
需一再重複的呵護
真柏詮釋高山
我來了

與山同行
愛上呼吸心跳
夢想的雲海
我來了

緊緊抱著夏的約定

走吧，時間停止忘記
忘記回憶的斑點
接駁花了妝的祝福
眼淚卻有止不住的惦記

或許煮一杯忘情咖啡
暫時麻痺心煩線
或許哼一曲〈千里之外〉
更貼近想念的表情

來不及記錄他的心
戳破灰色記憶氣泡
筆耕耘字行的牽手
稿紙讓夢想更長遠

忘了誰是誰的起點
昨天老照片的呆樣
明日捨得解開嗎？
那年錯過的背影

再一次回眸碧綠柳杉
緊緊抱著夏的約定

讀知心靈犀

風分五瓣
用刀切　分離你的凝視
用嗅覺　聞桂花體香

雨化五點
用眉筆　描繪你的吻痕
用視覺　觀愛情暈染

歌唱五遍
用淺秋　微涼你的熱情
用聽覺　收黃昏音色

夢孵五次
用月光　溫熱你的詩句
用感覺　讀知心靈犀

輕煙升起

剩下二分之一六月
陽光曲高和寡
超過額溫 37.5 度
熔斷一絲的眷戀

循環播放的回憶
感覺模糊了
宅配白鴿振翅聲
療癒疲憊的相思

窺視藍天笑靨
拾起片刻的時間鑰匙
打開腦海的鋼琴
那曾經駐唱的情歌

不能承認的眷戀
循著瞳孔點亮一絲的線索
重新踏入白色畫布左下角
描繪一縷淡淡輕煙升起

5G 暖色心頻

心情開開關關
春風停駐時間不長
愛情默默不語
靜待下次花開

情緒隨著心情遊蕩
眼神拾級而上
尋找芬多精的日常
整容煩悶的臉型

思念如絲
穿過記憶的針孔
與寂寞獨處
品嚐獨白音律

聚首於阿里山彩曦
晨光與夢海交會
綁定 5G 暖色心頻
浪漫時間不延遲

遇見花瓣上的戒指

夢很藍，很深邃
心情剛剛被拉回
對白很直接
我在恍惚中醒來

遇見荷花輕聲說芬芳
拆封木訥的寂寞
單數項的音符
彈奏錯過就不再

投擲一句悄悄話
同心圓的漣漪
擴展自由的邊界
布置戀愛的氛圍

依據過往傳說
解開時間的八字
風就有個小幸運
遇見花瓣上的戒指

錯過

火山噴射出的思念
濃稠熾熱
我突然瞭解
過去始終無法回來

後來的意亂情迷
停留在欲言又止
相同的撒嬌戲碼
停止接受錯過捐款

往後的情感宇宙時光
星子們解釋得結結巴巴
或許
明瞭錯過白色的淚
是說好的遺憾

曉風殘月

夕陽西下晚風涼
線裝書第一頁裡
有晚霞珀麗的剪影
收錄著秋的惦記

火燒紫雲連天際
黃昏吸引著不寂寞
插圖欄位下的錯過
現在不存在

手掌心捧著深藏的江南
詩詞裡面的跌宕起伏
曉風殘月　清景無限
塞北駿馬追千萬種風情

白話註解著古典心情
文字變化許多魔術
翻玩著斜陽映秋色
今夜書卷　好夢留人睡

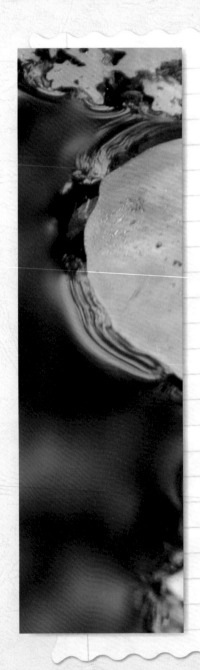

閱讀抒懷的詩集

中間偏熱的態度
走進春霧中
覓尋你眼裡的夢
追逐著綠裙女孩

那個西施般的紅唇
抹殺了右腦的記憶體
持續追蹤微笑背影
綺夢慢慢感光

一縷回音纏繞相思樹梢
落地黃花是白晝燄火
點燃初夏的兒女情長
漪瀾彷彿不曾停止過

重複柔和的布景
拓印層層疊疊的情話
愛戀集結成冊
閱讀抒懷的詩集

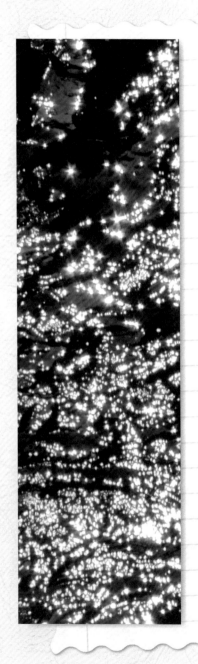

不曾流逝的詩韻

45 度的愛情斜坡
上的氣喘　下的驚險
摔跤後
傷口裹著鹹水味

沒收到邀請函
一時片刻沒了約定
心情跌落雲霧中
木棉站在幽幽的春季路口

一本泛黃散文集
剪貼著 20 年的回憶
字句裡的普洱茶
是琥珀色靈魂

一個下午的時間
細細咀嚼細細的懷舊皺紋
陽光伴讀著
那，不曾流逝的詩韻

如果你想飛

夕陽微醺
情緒七分醉
黃昏不寂寞
沙灘足跡處處

覓取一個味道
清楚其中的檸檬酸
看見醒來的夏季
熱情中不失真心

海浪湧上一片白花
啜飲空氣的鹹香
混搭的呼吸聲
舌尖瀰漫似曾相識

拾起一時片刻
唱一首〈思慕的人〉
回憶尾音逐漸發酵
如果你想飛？

24 小時不打烊

天色秋氣分明
黃昏
天空鋪設塊狀棉花糖
吸引心情下線獨處

簡單的夕陽剪影
貼入生活日記
彩霞渲染著綺夢
愛情繼續使用

想你第一回合後
別來無恙的時間
繼續暖場著記憶的年輕
不讓好心情斷了片

電話號碼找不到風的數字
猜謎讓希望長大
7 的旁邊是 11
24 小時不打烊

山嵐對流的眼神

三角函數的長寬高
蓋起想像金字塔
串演一甲子的路人甲
懵懂是幸福的保護色

代數錯過的日子裡
起始於一度的偏差
一哩後的距離
掛著看不見的思念

尋覓合音的美好
空谷傳來單音煙燻嗓
踽踽獨行不必相送
風習慣吟唱白色靈魂

織夢主題沒有更換
時間推導詩文經緯度
牛頓冷卻定律下的茶湯
回甘著山嵐對流的眼神

一縷咖啡幽香

藍天鑲嵌著片狀白雲
與春天交換紅綠
感情線
炊煙升起

一杯咖啡三顆糖
溶化苦澀寂寞
短暫的光陰空隙
出缺美麗的候補

心情按下播放鍵
循環著告白玫瑰
99 次的傾耳聆聽
有久久不散的風景

借來詩意翩翩
住進春天裡
耳畔熱了五度
一縷咖啡幽香

一個人失眠

夜色寧靜
月光心中住著某個人
失眠不苦
我也是

一曲想念的滋味
咖啡裡的浪漫影像
喝了
愛情不想閉上眼

沒有終點的距離
追尋單純的音符
一曲炊煙裊裊
閉上眼　空迴盪

沒說的聲音線條
沒複刻的皺紋
月光站在幽幽的時間 Y 軸
記載著掌心的餘溫

傳導著曖昧溫度

經歷少了回歸校正
遺忘角落裡的玫瑰
難度係數 888
傷心係數 777
輪胎親吻地面
興奮的磨擦聲
情緒金屬狂舞飛奔

2.5 秒百米加速
夢用 1500 匹馬力嘶吼
心頭的熾熱
融化體內逗留背影
卻煞不住歲月奔跑

瞬間凝結的空氣
窒息的恐慌
難忘的記憶點
勾引回憶重現
我的你在眼瞳曝了光
碰到路口就轉彎
未解的傅利葉方程式
傳導著曖昧溫度

夢境裡的咖啡

看見天空的雲
我發現　時間是白色的
可以填補綠色的空缺
渲染春天的浪漫

聽見花言花語
我發現　時間是彩色的
可以架構彩虹鵲橋
約會天上的星星

聞見鈷藍的內斂氣息
對比奔放的黃色熱情
像是大自然花圃
平衡了流動的顏料

風唱著單音符的旋律
形單影隻的入射光
折射出悠悠的身影
交談著夢境裡的咖啡

黃昏之戀

彩霞餘暉佔據整個視野
囂張的紅，縱情的海浪
瓦解上班的循規蹈矩
遐想跟著「小三」一起出軌

浪濤高音衝擊懷舊頻道
養眼的黃，交錯的橙光
挑逗神經的正襟危坐
時間乘著海風一起頹廢

思念的船影停靠整個臂灣
溫柔的黑，嬌嗔的呼吸
融化了工作的頑強執著
思潮隨著心跳一起亢奮

激情催化了無法抗拒
我與黃昏交纏擁吻

疫情下匍匐前進

前線的哨兵
疫情下匍匐前進
中途點靠邊站空隙裡
宅配送入陽光的暖心

場景拉到東北角
季節限定老梅綠石槽
海潮蝕刻火山熔岩
歷史故事木已成舟

風安撫海浪不安的秀髮
濺濕飄逸的情緒影子
海豚追逐情人戀曲
我捕捉想像的五線譜

風箏像鳥，飛向夢海
追逐雲花的白色嫁妝
翅膀分飾兩角
動與不動

逼近心藍線

量子學的細胞
非邏輯的心語
眼鼻嘴世界中
能窺探多少簡單

機器人的旋律
約定生活中找秘密
透明沒折射的歌曲
流瀉空氣微米音質

遺失掩埋著心事藉口
寂寞雕砌著風雨飄搖
情緒操場繞三圈後
發現　這就是人生

愛情繳費了　沒有收據
沒有 300 字心得報告
白留下了空間
逼近心藍線

等待的人

倒數不計時
煙火綻放的開始
模糊了丹楓的多情
揮手去年的不告而別

兼差的感情沒有脈絡
鬧鐘叫不醒白日夢
情緒沉淪懷舊餘溫裡
最怕風沒事傳來簡訊

無法按停的藉口
闡述著月光照亮愛河
在深夜上空和夢接軌
銀河星辰守護著相思

不變心的舊朋友
懸掛一顆流星
攜帶癡心撞擊沉默
等待的人　就是我

時間睡著了

大旱來襲
口水不缺
淹沒初夏的渴望
夢境恍惚了

銷魂的悸動
眼神不敢靠近
那　乾淨的回憶
忽略了想念的細節

藍天傳來簡訊
訂購崇德海岸額度
約定探索椰林秘境
尋找寄居蟹呼吸聲

浪　演奏著獨家思念
風　撫弄著夢的髮梢
瞌睡蟲拉下了眼皮
時間睡著了

一句煙燻回音

與手機對話不眠不休
忘記窗外藍天舞台
不經心遺失了青春
時間的腳步喚不回

氧化後的歲月鏽斑
能還原年輕的時間嗎？
請託春天加班
會有五彩繽紛的心情

認識了喜鵲
櫻花以身相許
儲值紅花笑語
影子疊起了愛情

陽光閃耀夢精靈
眼神有思念的渴
時間口袋裝入靜候
一句煙燻回音

春季旅遊卡

陽光給了今天
藍色給了天空
粉紅給了花朵
浪漫沒有防線

兩週的循環頻率
櫻花、木棉、苦楝花
催化情緒線性攀升
難以形容的難以忘懷

X 軸向感情線
Y 軸向春季線
Z 軸向時間線
六面體內瀰漫洋蔥味

掌心間的戀愛紋
迷宮似的躲貓貓
春季旅遊卡儲存著夢
下一站不寂寞

眼瞳的彩色旅行

時間的熱度
融化沉默的沙漠
感情葫蘆裡賣什麼藥
需向戶外借陽光

春季戀愛光譜
櫻花擴展很快
尚未出現的他
驚蟄思念的慌

吐吶間的心跳
說服今天不再孤單
風雕琢著春天的晶瑩
詮釋相異的夢想姿態

愛情筆記本裡
記錄櫻花不重疊性
背包裡的歌譜
哼唱著眼瞳的彩色旅行

玫瑰續開著

回憶結伴
連結共同的音色
錄音於日常琴聲裡
想念，就在心頭播放著

捕捉夕陽餘暉
彩霞與夢境為伍
沙灘裹上金黃印象
一分鐘一年纏綿

下半場過後
夜升起飽滿聲線
單純暗與光模式
青蛙演唱單調歌曲

流星點燃胸口的盼望
溫熱沒離去的依戀
多情的夜晚
玫瑰續開著

無邊無際

藍天澄澈的眼
凝視著碧綠的海
愛情是如此美麗嗎？
幻想依然美好

太陽溫潤的唇
親吻右側的臉
指尖滑過左頸肩
毛孔呼吸著心跳

掌心舊感情線糾結
突破 50 均線後
沿著脊背的涼意
有著平行時空的日常

揣摩著飄逸的髮絲
風不語　我不語
額前深邃的藍眼睛
無邊無際

眼瞳一路亮起綠燈

防疫期間
有時間但不能揮霍
連續劇改為單元劇
是希望　更是盼望

南田到三仙台
海岸線清雅整潔
海水藍的不像話
主背景沒有模糊空間

憂鬱擱淺沙灘
微笑親切登場
回憶的切點
折射出想念的角度

海水重新演繹了鬆弛度
生活態度繞過數字
感情外遇太平洋
眼瞳一路亮起綠燈

湖水

向雲彩借來溫柔
讓山水可以恬靜
向樹影借來氣質
讓映像可以豐富

向船舶借來臂膀
讓心情可以靠港
向湖水借來明鏡
讓回憶可以捕捉

向清風借來想像
讓綺夢可以飛揚
向時間借來青春
讓思念可以熱血

向李白借來酒杯
飲下這杯湖水釀的酒
這一刻　時間忘了呼吸
記憶裡那個交疊的　倩影
總是在最不經意時　浮現

明信片上的綠郵戳

清晨，眾鳥談情說愛
我，不解鳥語
是木頭人，還是——
差一步數到三

等待風景的熟成
命運的一步
是否越會過胡同的籬笆
撐起窗外的傘

隱約有一種氣質
難以形容的羞赧
包裹緊實的亢奮
春天有著迷幻的粉色系
路人甲錯過街頭的綠燈
回首後的青春
待在玻璃瓶內　只供憑弔

或許需要一丁點的水晶
孵育滿眼的輕盈
明信片上的綠郵戳
蓋好　蓋滿

目光撰寫旅人日記

時間的記事本裡
找不到愛情回憶點
白雲悠悠走過
情書卻忘了帶走

反鎖寂寞
沉默的只剩下空氣
打包心情
快遞一首歌

歌聲唱到東北角
三貂角　龍洞灣
蔚藍的海岸聲線
節奏允許拖拍

浪花拆解情緒炸彈
海風輕輕哼唱一首歌
感情旋蓋鬆脫了
目光撰寫旅人日記

天空出演湛藍

100 次方的拉鋸後
鋸斷了
一方春水
100 次方的復合

三條線在臉上表態
重力的無力感
起源於時間的感慨
緣起緣滅

雲畫裡　水畫中
歌一曲　酒一杯
滿眼故事飛瀑中
不跌落　不明白

架空光陰片刻
交換分秒青春
年輕漾起了憶念
天空出演湛藍

有逗點沒句號

裝個偏光濾鏡
旅行色彩更濃郁
藍天白雲寬恕的色調
描繪沒有包袱的邂逅

碧綠山　山碧綠
湛藍海　海湛藍
對角兩個 L 型
框起不能遺忘的美麗

一個槓桿的平衡
兩側都不能偏心
地平線單純就好
愛情有著回甘的守恆

快門為今天下個標題
一段故事的軌跡鋪陳
延續著大自然筆觸
有逗點沒句號

依偎在東海岸

沉默的寂寞
像孤獨的巨獸
隱藏胡同內
獨自孵化月光

晨曦投射金黃
翻閱舊相片
探訪老記憶
回味南瓜甜味

路過多良車站
療癒的藍色海
壯闊下的卑微
一丁點渴望

遇見等候的輪廓
一條曲線
重疊著心跳
依偎在東海岸

守候詩的細細吟唱

過期的單相思
一種醃漬的尷尬味
愛情角色傾斜 45 度
糾纏於灰階距離

一個人　一首歌
昨日的時間已昨日
需要明日的空間
盛滿今日的分秒

眼前的地平線
藍色記事本
綴上白雲花
勾起回憶再見

盛夏廣角背景
椰林飄逸碧綠長髮
編織歲月成蔭
守候詩的細細吟唱

愛自己

串不起一天的思念
你想海　海想你
浪是一隻孤鳥
期盼浪花上的精靈

緣起於日出東方
想見你，現在進行式
蜿蜒迤邐的海岸線
抱緊多層次的藍

一眼　無法忘記的你
再一眼　湛藍的悸動
攔截動人畫面
攔截青春有限

椰林優雅婆娑
習慣性的出走
最好的戀愛
愛自己

秋色沉思中

始於第一道冷風的裙擺
搖晃欒樹魅惑的豔黃色
催熟情緒的咖啡因
持續溫柔不躁進

簽注抽屜裡的悄悄話
對你　對我　沒有標題
臆測讓故事延續
戀情始終沒有曝光

始於葉片閃亮的光
想像晶瑩剔透
回憶帶點寧靜氣味
咀嚼時間默默守候

走在落羽松陣列中
掉入二元二次方程式裡
秋色沉思中
那弧線解是不解？

秋天釀的酒

紅葉對風說
認真大聲唱
秋尾音會上揚三個 key
再遇見買了票的楓槭

夢在旅行
太陽的關切眼神
秋的銅鈴聲
反串沒邊界的緣

腦袋騰出記憶空間
收藏著熵鮮豔面孔
猜不出的情緒
會是無厘頭的出題

或許期末考後
愛情回歸不滅定律
是一盅秋天釀的酒
雖已醉了
卻還想一喝再喝

月色上上下下

時間鋸子
鋸斷感情喬木
倒下的詩句
鋪滿一地的蒼茫

腦袋穿了洞
掛上欒樹的鈴鐺
吟唱暮色的獨白
不需邏輯的三千煩惱絲

秋風重拾話語權
邊緣化塞內的挑食者
終究歷史不宜毀容
楓紅是原色調

鋸子鈍了
無法裁剪回憶
口袋內沒有青春
月色上上下下

從遺忘開始

維持心頻 60 的速度
大篇幅的潑墨山水
不可逆的長江水
錯過就成為後來

夏夜聒噪著搖滾
吶喊煙花燦爛
劃過蒼穹的弧度
那是愛情的引力線

天空沒有駕駛軌道
航行需要深情做定位
你的眉眼　你的秀髮
指引解開密碼 2099

一條公式算不出你我他
空氣瀰漫一股微醺的相思味
青春夢，未完
待續，從遺忘開始

依戀花瓣

油桐花、螢火蟲
沒有底線的浪漫
在五月曝光後
展開　一連串的雪白旅程

邂逅春末的少女情懷
跟拍春風窈窕曲線
沒上鏡頭的茶樹下歌聲
留給佇足的小綠葉蟬

二分之一給沉默櫥窗
二分之一給流浪夢想
獨立的回憶陽光
掃掉遙遠的共鳴音頻

靈魂我沒見過
紅綠燈沒有錯過
感情尋不著邏輯線
心疼的，雪白的，依戀花瓣

心中住著一個五月的夢

去年春天種下浪漫
今年五月白雪紛飛
油桐住著一個夢
像雪一樣的晶瑩

背倚美麗傳說的七彩湖
點一杯湖畔的咖啡
遲遲無法說出口
感性說出一句　我知道了

春去春來的綠意
爬滿夢的窗口
訴說——
忘不了　心中地圖上的情意

會有下一趟奔跑
往不安分的愛情裡飛奔
日落日出
心中住著一個五月的夢

相思問題

雨不來
愛情乾涸許久
裸露的寂寞
渴望你的眼淚

對峙後的四月
沒有模糊的選項
猶豫讓人病
向前，想你不要停

時間慢了五拍
陽光早了五拍
感情放一邊
一種味，安靜味

春風吹向油桐
落下白色相思
感情問題
解題，不用計算機

放鬆學分需要重修

過去式是好是壞
期末卷的右上角
紅色心情仍未釋懷
放鬆學分需要重修

時間拼湊出一整天的篇幅
鳥語唱著清晨五點半
層次分明的山稜線
微笑輪廓清晰可見

寶藍色的天穹
白雲悠悠愜意散步
一絲不染的簡單
試圖驗證心際線的純潔

夏戀密碼 2020
數字藏匿思念
抽屜裡的卡片
寫著一起旅行

夢見無限依戀

不用草稿
信手拈來黛綠
山巒染成青春樣貌
背景具有依戀深度

陽光不要派遣
打卡是習慣的味道
溫暖面上的情緒
疊加出感情的秀麗景緻

蟄伏一年
一生精彩一夏
為你燦爛高歌
共譜那生命樂章

昨日的薄如蟬翼
化為今日思念線索
駕輕舟　划小槳
夢見無限依戀

原來靠的那麼近

陽光節制的午後
適切的 26 度關懷
暖和樂樹的銅鈴
搖響口袋的悄悄話

托秋風捎個口信
地球上空的天堂
留下民主位置
歷史不要編排

私心藏於內心的右邊
黃葉墜入秋季戀曲
一個人獨攬浪漫
凝視靈魂翩翩起舞

眼神後退一步
裁切不斷的紫霞
渲染思緒的天際線
天堂　原來近在咫尺

夢的驚歎聲

夢的驚歎聲
夢的逐浪聲
一個樣　一個迷人樣

或許被寂寞喜歡是種幸運
會讓時間安靜
安靜打理著會心的微笑

夢
從生命宇宙中走過
走過寂寞

喚醒夢裡的灰塵中
住著曾經的　一往情深

安靜的
打理著
溫柔

一條線索

陽光傾瀉半刻
黃金 145 度視角
掃掠晨之條碼
浪漫觸及心天地

時間間距拉大
轉個彎，遇見筆直的簡單
豐腴柔軟的木棉花瓣
一襲濃重豔麗的春裝

寶藍色的穹蒼帷幕
飄染純白色雲絮
藍與白的愛戀蜜語
透過春季漸漸收斂

認購一整天的繾綣
一種簡單鋪陳著綿延思緒
葉片幾何肋骨肌理
一條線索刻畫著明不明白

很難回頭

初五　眼神睞成眉月
勾起楓葉一往情深
儲蓄想念的紅顏色

十五　眼神盛裝滿月期盼
繾綣纏綿紅羅襦
延長好夢不斷線

不一樣的月光
不一樣的分分秒秒
抒寫著情歌不間斷

腦海裡散發的咖啡香
北極正弦音繚繞著愛戀
今夜　想你　很難回頭

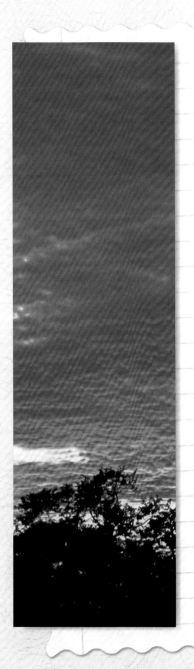

思念的圓心

讀秒的斑馬線上
期望亮起詩歌綠燈
催促著秋色連波
跨越壅塞的思潮

彼岸的那點紅
是思念的圓心
勾勒晚霞弧形虹彩
框住琥珀時光

情書在眼底曝光
字字閃亮著星光
句句訴說著月色
愛情沉默延續著想像

晚風四處遊走
留言是陷阱
小心溫柔耳語
融化思念的圓心

春色無邊

停下腳步的雲
流動的夢
顏色不明白
眼瞳裡的透明

接續第六感的蹺蹺板
左手右手都是掌心
春風不了解
平衡點的微醺

遠距離外的餘韻
近距離內的思念
一封情書的距離
世界有多遠

回憶殺菌後
春色無邊
夢雕琢一下
如玉般晶瑩剔透

春季尾巴

心情長了手腳
來到春季尾巴
摘譯娉婷字句
撰寫綠意文稿

可愛的，攀藤的，熱情的
百日草，鐵釘蘭，火球花
還有奶香四溢的腋唇蘭
目光馬不停蹄

你問　我的夢境
最愛花費什麼？
時間不用錢
卻無法贖回青春

不理會情絲糾葛
風一樣瀟灑自在
落葉逍遙　暮春塵世
沒有起點　沒有終點

記憶裡的紅葉

陽光初露貝齒
一個廣角藍天
無法掩飾的白鷺鷥雲
複雜情緒線絲絲入戲

天空飄落了一枚信箋
沒有修正
就落入我的眼角
夢走的跌跌撞撞

記憶裡的紅葉
美的令人印象深刻
描繪著深冬長亭裡
括號內的細節

記得牢嗎？
地點、時間、氣候
還是　左搓右揉後的心情
一個地球，明不明白？

連鎖愉悅花蕊

專訪感情的封鎖區
孤單和過時
情，愛，離，怨
回憶絕口不提

蹺蹺板的雲光造景
一秒平衡了兩端的夢
結論
不言不語

幾片四季春
一杯忘憂茶水
一個週六早晨
品茗淡淡的梔子花香

心情拎著溫柔旅行
轉個圈，停留從容
綠色元素催化春天
綻放連鎖愉悅花蕊

風景很亮很亮

一個窗台
一束陽光緞帶
時間給了春天
我給了空谷的回音

一問　思念的距離
二問　直線的旅行
三問　愛情的面積
春天是盼望的六方體

戶外有難以形容的綠
站在櫻花的同溫層
沐浴在粉紅的按讚聲
綺想放的很大很大

時間軸疊在一起
靜止的味道
像淡雅的清酒
風景很亮很亮
重疊著夏風夏語

填入了生命彩虹

一盞日光投影愛戀輪廓
剪裁貼在秋季藍天
山巒起伏的獨唱
一如往常的慣性

溫度掉的很快
思念堆疊越來越高
楓　塗上紅口紅
一吻就入味

漫步無時針文章裡
呼吸字句的情緒
楓脈裡的含情脈脈
最溫暖　最對胃

沖泡一杯幻想咖啡
往深秋調色盤遨遊
豐富詩的顏色
填入了生命彩虹

心情書籤

出版者●集夢坊・華文自資出版平台
作者●辰啟帆
印行者●全球華文聯合出版平台
總顧問●王寶玲
出版總監●歐綾纖
副總編輯●陳雅貞
責任編輯●林詩庭
美術設計●陳君鳳
內文排版●王芋崴

國家圖書館出版品預行編目（CIP）資料

心情書籤／辰啟帆 著．

新北市：集夢坊出版，采舍國際有限公司發行

2022.6　面；　　公分

ISBN 978-626-95375-2-5（平裝）

863.51　　　　　　　　　　　　111005593

台灣出版中心●新北市中和區中山路 2 段 366 巷 10 號 10 樓

電話● (02)2248-7896　　　　傳真● (02)2248-7758

ISBN ● 978-626-95375-2-5

出版日期● 2022 年 6 月初版

郵撥帳號● 50017206 采舍國際有限公司（郵撥購買，請另付一成郵資）

全球華文國際市場總代理●采舍國際 www.silkbook.com

地址●新北市中和區中山路 2 段 366 巷 10 號 3 樓

電話● (02)8245-8786　　　　傳真● (02)8245-8718

全系列書系永久陳列展示中心

新絲路書店●新北市中和區中山路 2 段 366 巷 10 號 10 樓　　電話● (02)8245-9896

新絲路網路書店● www.silkbook.com

華文網網路書店● www.book4u.com.tw

跨視界 ・ 雲閱讀 新絲路電子書城 全文免費下載

本書係透過全球華文聯合出版平台（www.book4u.com.tw）印行，並委由采舍國際有限公司（www.silkbook.com）總經銷。採減碳印製流程，碳足跡追蹤，並使用優質中性紙（Acid & Alkali Free），通過綠色環保認證，最符環保要求。

華文自資出版平台
www.book4u.com.tw
mybook@mail.book4u.com.tw

全球最大的華文自費出版集團
專業客製化自助出版・發行通路全國最強！